COMPOSITIONS FRANÇAISES

I

SUJETS LITTÉRAIRES
PRÉCEPTES DE LITTÉRATURE

1. — Quels étaient dans la littérature ancienne les différents *genres de style* ? Celle classification peut-elle s'appliquer aux différents genres de style, tels que les conçoit la littérature moderne ? En quoi cette classification doit-elle être conservée ou modifiée ? — 1881. Lyon.

2. — Des différents genres de style. Préceptes et exemples. 1882. Sorbonne.

3. — Rédiger un chapitre de rhétorique sur les *figures de pensées*, en produisant des exemples. 1882. Sorbonne.

4. — Du *genre épistolaire* et des qualités qui lui conviennent. Exemples anciens et modernes à l'appui. 1883. Sorbonne. + J. B. V. 55 ; + C. F. 161.

(V. Gaston Boissier. Cicéron et ses amis. p. 7.)

5. — Des *Mémoires* considérés 1° comme sources de l'histoire, 2° comme œuvres littéraires. Ce genre existait-il chez les anciens ? 1883. Douai. + P.

6. — Quelles sont les règles à suivre pour *traduire* un texte latin en français ? 1882. Rennes. + J. B. V. 35 ; +. C. F. 117.

7. — Que faut-il penser de la règle des *trois unités* au théâtre ? 1881. Clermont. (V. n° 173.) + P.

8. — Dire tout ce que vous savez sur la règle des trois unités. 1881. Sorbonne. +. E. C. I. 309 ; +. IV. 385.

9. — « La sentence, pressée aux pieds nombreux de la

V. les Cours de littérature.

poésie, s'élance plus brusquement et me fiert d'une plus vive secousse. » Expliquer ces mots de Montaigne, montrer que l'emploi de la *forme métrique* répond à un besoin de notre nature ; on la trouve à toutes les époques et dans toutes les langues ; en indiquer les avantages pour le poète, les effets sur ceux qui le lisent ou l'entendent. 1882. Besançon. (V. Voltaire, préface d'Œdipe.)

RHÉTORIQUE

10. — De la *Rhétorique*. — Son but. Auteurs de l'antiquité qui ont traité de la Rhétorique. 1882. Douai.

11 — Des *parties de la rhétorique ;* leur nature, leur importance. 1881. Sorbonne. + C. F. 19.

12. — Des *lieux communs* en rhétorique. 1882.

13. — Dire en quoi diffère la *narration oratoire* de la narration historique. Citer des exemples. 1882. Rennes.

14. — Des *genres oratoires*, de leur nature et de leur objet. Exemples à l'appui. 1881.

15. — De l'*éloquence académique*. Que peut-en dire pour ou contre ce genre littéraire ? 1882. Douai.

16. — De l'*oraison funèbre*. Que peut-on dire pour ou contre ce genre littéraire ? 1882. Douai. + P. V. n° 199.

(V. les Traités de rhétorique)

HISTOIRE GÉNÉRALE DE LA LITTERATURE
Genres (1)

17. — De la *poésie lyrique* chez les anciens et chez les modernes. Citer des exemples. 1881. Sorbonne. + J. B. IV. 283 ; + D. II. 82.

18. — Qu'est ce que l'*épigramme?* Quels auteurs d'épigrammes connaissez-vous ? Qu'est-ce que l'*élégie ?* quel mètre y était employé chez les anciens? quelles idées y

---

(1) V. Cours critique et historique de littérature, par Henry, chez Belin.

étaient exprimées et quels poètes romains ont excellé en ce genre ? 1882. Douai. + C. F. 94 ; + D. II. 27.

19. — Résumer l'histoire de la *poésie épique* chez les anciens. 1883. Douai.

20. — Qu'entend-on par cycle en poésie ? Quels *cycles épiques* connaissez-vous dans la poésie grecque et dans la poésie française ? N'y a-t-il pas un rapprochement entre les rapsodes et les trouvères ? 1882. Douai. + D. II. 1.

21. — Que savez-vous des chansons de geste ? 1882. Sorbonne. + C. F. 21 ; + D. II. 38 ; + P.

22. — La *tragédie* chez les anciens. Ses origines et ses principaux représentants. 1883. Sorbonne.

23. — Comparer les trois tragiques grecs. 1881. Sorbonne. + C. F. 52 ; + D. I. 43 ; + P. (V. Patin.)

24. — Faire connaître les tragédies grecques qui ont été imitées par les grands tragiques français. 1882. Sorbonne. J. B. IV. 388... ; + C. F. 56. — V. n° 138.140.

25. — Comparer la tragédie grecque et la tragédie française. 1881. Sorbonne. + C. F. 11 ; + D. II. 158 ; + P.

25 bis — Différence de la tragédie antique et de la tragédie classique moderne. 1883. Bordeaux.

26. — Dire quelles sont les principales différences entre la tragédie grecque et la tragédie française classique ? 1881. Sorbonne.

27. — Quelles sont les ressemblances, quelles sont les différences qui existent entre la tragédie grecque et la tragédie française ? 1881. Douai.

28. — Décrire rapidement le théâtre où furent représentées à Athènes les pièces de Sophocle et d'Euripide, et à Paris celles de Corneille et de Racine. 1882. Douai ; + J. B. V. 45 ; + C. F. 129.

29. — Que savez-vous des Mystères représentés au Moyen-Age ? 1883. Sorbonne. + C. F. 155.

30. — Les principales tragédies religieuses du XVIIe siècle. 1882. Sorbonne.

31. — En quoi la tragédie diffère-t-elle du drame mo-

derne ? Chez quels peuples et à quelle époque a-t-elle fleuri ? Pourquoi ? 1882. Douai.

32. — Indiquer les principales différences entre la tragédie classique et la tragédie contemporaine. 1882. Lyon.

33. — Apprécier la *satire* chez les auteurs latins et chez les auteurs français. 1882. Douai.

34. — Les principaux poètes satiriques latins et français. Les caractériser. 1883. Douai.

35. — Les principaux satiriques français. 1882. Sorbonne. + C. F. 39 ; + D. II. 152.

36. — La *poésie pastorale*. Ses principaux représentants. 1882. Lyon.

37. — De la poésie pastorale. — Est-elle la peinture véritable de la vie champêtre ? Peut-elle s'élever à de hautes considérations ? Donner des exemples tirés de Virgile. — Lyon.

38. — Caractériser rapidement les principaux *orateurs religieux* du siècle de Louis XIV, en indiquant les genres où ils ont particulièrement réussi. — Lyon.

39. — Les grands *historiens* de la Grèce (Hérodote, Thucydide, Xénophon) : donner sommairement une idée de leurs ouvrages et de leur manière d'écrire l'histoire. 1882. Lyon.

40. — Quels historiens romains connaissez-vous ? Appréciez le mérite de leurs œuvres. 1883. Douai.

41. — Quel est l'historien de l'antiquité que vous préférez et donnez les motifs de votre préférence ? 1882. Douai.
— Mémoires. V. n° 5.

42. — Lettre de Voltaire à un de ses amis. — Il explique

pourquoi il a consacré ses soins à la composition d'ouvrages historiques. 1º Il fera rapidement le portrait des principaux historiens français qui l'ont devancé et surtout des hommes les plus illustres qui se sont occupés d'écrire l'histoire. 2º Voltaire n'a pas cru, malgré le talent de ses prédécesseurs, dont plusieurs, comme Bossuet et Montesquieu, ont été des hommes éminents, qu'il ne reste rien à faire, et il ose espérer que ses efforts n'auront pas été tout-à-fait inutiles au progrès de l'histoire. 1882. Bastia.

43. — Les *moralistes* au XVIIᵉ siècle. 1883. Sorbonne.
— Critiques. V. nº 10.

44. — Du *genre épistolaire*. Quelles sont les qualités propres à ce genre? Quels écrivains y ont excellé chez les anciens et chez les modernes? 1882. Douai. (V. nº 4.)

45. — Du genre épistolaire. A quelle époque a-t-il fleuri de préférence en France? Pourquoi semble-t-il menacé de disparaître au siècle prochain? 1882. Sorbonne. + D. II. 67. (V. G. Boissier. Cicéron et ses amis, p. 5.)

II. — Époques (V. Histoires de la littérature).

— V. Périclès nº 229.

46. — Qu'appelle-t-on *siècle d'Auguste?* Indiquer les principaux poètes et écrivains de ce temps. 1882. Lyon.

47. — Qu'entend-on par *Renaissance* des lettres en France au XVIᵉ siècle? Quelles sont les principales influences qui se sont exercées à cette époque sur la littérature? 1882. Lyon.

48. — Faire un tableau sommaire de la littérature française au *XVIᵉ siècle*. 1882. Sorbonne. + C. F. 83. V. nºˢ 91, 95.

49. — Tableau des progrès de la littérature française sous *Louis XIII*. 1881. Sorbonne. + C. F. 100.

50. — Les lettres françaises sous le cardinal Richelieu. 1882. Sorbonne.

51. — Vous direz ce que vous savez de l'*Hôtel de Rambouillet,* le nom des principaux personnages qui s'y réunissaient, son influence. 1882. Sorbonne. (V. Follioley, abbé Henry, etc.)

52. — Quand et comment a été fondée l'*Académie française?* Quels services a-t-elle rendus ? 1882. Douai. (V. Follioley, P. Albert, etc...)

53. — Création de l'Académie française. Quel est le premier jugement littéraire qu'elle a rendu ? Quelle est la mission qu'elle a été appelée à remplir ? 1882. Douai.

54. — Nommez les chefs-d'œuvre qui ont paru de *1666 à 1670.* Appréciez-les ; faites en l'éloge et la critique. 1882. Douai.

55. — Quels sont dans l'histoire de la littérature française les caractères généraux par lesquels on distingue le *XVII⁰ et le XVIII⁰* siècles ? Douai. 1882.

(V. Villemain, tableau de la littérature au dix–huitième siècle, T. I...)

56. — La querelle des anciens et des modernes. 1881. Sorbonne. + D. II. 32.

57. — Comparer l'état de la littérature française à la paix de Nimègue (1678) et à la mort de Voltaire (1778). Où y avait-il progrès et où y avait-il décadence ? 1882. Sorbonne. (V. Nisard IV. 128...)

58. — Tableau sommaire des principaux écrivains du XVIII⁰ siècle. 1882. Sorbonne.

59. — Quels sont les plus grands prosateurs du XVIII⁰ siècle ? Caractériser brièvement les différences de leur style. 1882. Sorbonne.

60. — Caractériser et apprécier le style des grands prosateurs du XVIII⁰ siècle d'après ce que vous connaissez de leurs ouvrages. 1883. Sorbonne.

III. — Questions diverses,

61. — Expliquer par l'histoire de la poésie latine ce vers d'Horace :

Nil intentatum nostri liquere poetæ. 1883. Sorbonne.

62. — Développer ce vers d'Horace :

Græcia capta ferum victorem cepit et artes
Intulit agresti Latio. 1882. Bordeaux. +. E. C. II. 40.

63. — Quelle a été l'influence de l'imitation des anciens sur notre littérature ? Quels en ont été les avantages, mais aussi les inconvénients ? 1883. Douai.

64. — Quels sont les écrivains qui ont le plus contribué à fixer la langue française ? 1882. Sorbonne.

65. — Qu'appelez-vous un écrivain classique ? et dans la littérature française quels sont les écrivains qui vous paraissent les plus dignes de ce titre ? 1883. Sorbonne. + E. C. II. 358 et 375... C. F. XXXV.....

AUTEURS GRECS

Homère.

66. — Etudes sur les héros d'Homère. Leur portrait Leur caractère. Leurs actions. 1883. Sorbonne.

Eschyle, Sophocle, Euripide.
— V. nᵒˢ 23, 24, 25... V. Racine, nᵒ 132.

67. — Quelle est la tragédie de Sophocle ou d'Euripide que vous préférez ? Donnez-en l'analyse rapide et indiquez-en les beautés. 1883. Douai.

Platon.

68. — Analyse sommaire du Criton de Platon. 1881. Besançon.

Démosthène (V. Cicéron, Sujets historiques).

69. — Démosthène. — 1ᵒ Vous direz ce que vous savez de sa vie ; 2ᵒ vous apprécierez l'homme politique ; 3ᵒ l'orateur. 1882. Douai. + D. I. 20. 28. 48. + P.

70. — Décrire la séance de l'assemblée dans laquelle Démosthène prononça sa première Philippique. 1882. Douai. + P.

71. — Appliquer à Démosthène, en la confirmant par des exemples, cette définition du véritable orateur : Il pense, il sent, et la parole suit. 1883. Sorbonne.

Plutarque.

72. — Que savez-vous de Plutarque et de son principal ouvrage ? Quelles en sont les qualités, quels en sont les défauts ? 1883. Douai.

73. — Plutarque eut pour maîtres le médecin Onésicrate, le rhéteur Emilianus, le philosophe Ammonius. Avantages de cette éducation confiée à un médecin, à un rhéteur et à un philosophe. Quels services chacun d'eux pouvait-il rendre à son disciple ? 1883. Sorbonne.

AUTEURS LATINS

Térence.

74. — Quelle est la morale qui ressort de Adelphes de Térence ? 1881. Lyon + P.

Virgile.

— Bucoliques (V. n° 37).

— Enéide

75. — Lettre d'Auguste à Virgile qui lui avait envoyé le plan de l'Enéide. 1° Il se félicite d'avoir exhorté Virgile à entreprendre, après les Géorgiques, une œuvre capable de grandir sa renommée ; 2° Il a lu avec joie l'esquisse du poème futur, qui sera le vrai poème national des Romains. 1883. Sorbonne.

76. — Caractère d'Enée dans Virgile. 1881. Sorbonne. + P.

77. — Quels sont les principaux caractères de l'Enéide ? 1882. Poitiers.

78. — Pourquoi l'Enéide est-elle regardée comme un poème national chez les Romains ? 1881. Sorbonne. + IV. 251. 375. (V. Benoist, introduction de Virgile, XXVI. Boissier, Revue des Deux-Mondes, T. LXVII, p. 874.) + P.

79. — Bossuet a reproché à l'Enéide de n'être que la glorification de la Maison d'Auguste. Jusqu'à quel point cette appréciation est-elle exacte? Prouver par des exemples pris dans l'œuvre de Virgile qu'elle est surtout la glorification de la nation romaine. 1882. Poitiers.

Horace.
— V. n°s 61, 62.

80. — Faire le portrait d'Horace d'après ses œuvres et ce qu'il nous apprend de lui-même. Bordeaux. + D. I. 86.

81. — Horace venait de quitter son père qui l'envoyait à Athènes achever ses études avec les fils des riches et nobles familles. Le père, resté seul en Italie, était inquiet ; pour la première fois il était séparé de son fils : qu'allait devenir l'enfant laissé à lui-même ? il trouverait autour de lui des tentations, de mauvais exemples, et le fils de l'affranchi avait besoin de travailler. — Vous supposerez la première lettre écrite par le père du jeune étudiant à Athènes. 1881. Douai. (V. Sat. I. 6, v. 65.) + P.

82. — Horace refuse à Auguste la place de secrétaire. Il expose avec enjouement au monarque les motifs de son refus. 1882. Douai. (Cf. Ep. I. 7.)

83. — Horace, dans l'une de ses œuvres, avait appelé Orbilius, son ancien maître, Plagosus, c'est-à-dire fouetteur. Vous supposerez qu'Orbilius, très âgé et vivant dans une retraite ignorée, à Bénévent, écrit à Horace. Il lui rappelle ses années d'enfance, les souvenirs de l'école ; il lui reproche amicalement de transmettre à la postérité le nom de son maître entouré de ridicule et voué à la haine des écoliers. 1883. Douai.

Cicéron (V. Sujets historiques).

84. — Cicéron. Esquisse rapide de sa vie. Son portrait. 1882. Douai.

85. — Dialogue de Démosthène et de Cicéron dans les enfers. 1881. Sorbonne.

86. —

Romains, j'aime la gloire et ne veux point m'en taire.

Ce mot, que Voltaire met dans la bouche de Cicéron, est-il justifié par l'histoire ? trouve-t-on l'expression du même sentiment dans les œuvres les plus célèbres du grand orateur ? En quoi était-il chez lui légitime ? en quoi excessif ? 1881. Douai. + P.

Tite-Live, Tacite.

87. — Comparer la manière d'écrire de Tite-Live et de Tacite. Lyon. + E. C. 357. + P.

88. — Tacite envoie à Pline le Jeune le manuscrit de ses Histoires. — 1° Il espère que son ami accueillera ses Histoires avec la même indulgence que la Vie d'Agricola et les Mœurs des Germains ; 2° Intérêt et difficulté que présente le sujet. A l'exemple de Thucydide et de Salluste, Tacite a osé écrire l'histoire contemporaine en essayant d'emprunter à ces deux grands hommes ce qu'ils ont de meilleur ; 3° S'il vit assez longtemps, il complètera son œuvre, en la rattachant à celle de Tite-Live. Puisse-t-il comme lui inspirer l'amour de Rome et de la liberté ! 1883. Toulouse.

AUTEURS FRANÇAIS

Chanson de Roland.

V. nᵒˢ 20. 21. — V. Boileau.

89. — Un auteur a dit de la chanson de Roland qu'elle est « une sorte d'Iliade, dont la forme est moins parfaite que celle d'Homère, mais dont la pensée est plus haute ». Faire voir par une courte analyse des beautés et des défauts les plus saillants du poème ce qu'il y a d'exagéré, ce qu'il y a de fondé dans ce jugement. 1882. Poitiers. (V. Henry.)

Marot.

90. — Lettre de La Fontaine à Turenne, où il fait l'éloge de Marot. Turenne aimait fort à lire Marot, et, un jour qu'il

était en route pour prendre le commandement de l'armée, il récita à son compagnon de voyage La Fontaine, une épigramme et une ballade du vieux poète. La Fontaine, dans une lettre adressée au héros, lui rappelle cette circonstance et fait l'éloge de Marot, dont il se proclame le disciple et l'imitateur. 1882. Poitiers. V. D. II. 72.

Ronsard.

91. — Quels sont les caractères généraux de la réforme entreprise dans la poésie au XVIe siècle par Ronsard et la Pléiade ? 1883. Sorbonne. + C. F. XXXIII. (V. Demogeot.)

92. — Lettre du président Pasquier à un ami, en lui annonçant la mort de Ronsard (1585). Il apprécie les œuvres et le talent de ce poète et fait l'histoire sommaire de la Pléiade. 1882. Sorbonne. + C. F. 29.

93. — David Duperron, plus tard cardinal, prononce l'oraison funèbre de Ronsard. Cette oraison fut prononcée en l'an 1586, le jour de la fête de saint Mathieu. 1883. Sorbonne.

Malherbe.

94. — Apprécier la réforme apportée par Malherbe dans la langue et la versification française. 1882. Sorbonne. + D. II. 98. (V. Follioley.)

95. — Quels sont les caractères généraux de la réforme accomplie dans la poésie française par Malherbe ? 1883. Sorbonne. + C. F. XXXVII.

Corneille (1).

BIOGRAPHIE.

96. — Corneille, après la mort du cardinal Richelieu, composa ce quatrain :

> Qu'on parle bien ou mal du fameux cardinal,
> Ma prose ni mes vers n'en diront jamais rien :
> Il m'a fait trop de bien pour en dire du mal,
> Il m'a fait trop de mal pour en dire du bien.

---

(1). V. Horion, Explication du Théâtre classique, chez Belin ; Merlet, Classiques français, etc.

Chercher, en racontant les rapports de Corneille et du cardinal, si cette antithèse est de tout point justifiée par les faits. 1882. Poitiers. (V. Géruzez. Introduction au Théâtre de Corneille.)

97. — Lettre de Boileau à Louis XIV pour lui exposer la situation de Corneille mourant. 1882. Sorbonne. J. B. IV. 396.....

Le Cid.

98. — Lettre de Rotrou à un de ses amis de Rouen pour lui raconter la première représentation du Cid. 1881. Besançon. + J. B. IV. 298.

99. — Lettre d'un contemporain de Corneille à un de ses amis de province après la première représentation du Cid. Il dira la profonde impression faite sur le public par cette œuvre puissante, dont il appréciera lui même la valeur et la portée. 1881. Douai.

100. — Un conseiller au Parlement de Paris écrit à un de ses parents, magistrat à Lyon, pour lui rendre compte de l'effet prodigieux qu'ont produit à Paris les premières représentations du Cid. 1882. Lyon.

101. — Un vieux courtisan retiré à Rouen, M. de Chalon, avait conseillé à Corneille d'emprunter ses sujets à l'Espagne. — « Apprenez leur langue, lui disait-il. Je m'offre de vous en montrer ce que j'en sais, et jusqu'à ce que vous soyez en état de lire par vous-même, de vous traduire quelques endroits de Guilhen de Castro. » — Vous supposerez une lettre de Corneille écrite de Paris à M. de Chalon après la représentation du Cid. Il le remercie, lui raconte l'effet produit par les premières représentations ; mais son œuvre a déjà des ennemis et des jaloux. 1883. Douai.

102. — Donner une idée de la querelle du Cid. 1881. Sorbonne. + E. C. II. 156 ; + J. B. IV. 330 ; + D. II. 174. + P.

103. — Caractère de D. Diègue. 1881. Caen.

104. — De la vérité des mœurs chevaleresques peintes dans le Cid de Corneille. 1882. Sorbonne. + C. F. 71.

Horace.

105. — De la vérité des mœurs antiques peintes dans Horace de Corneille. 1882. Sorbonne. + E. C. II. 100 ; + D. II. 76.

Cinna.

106. — Auguste dans l'histoire, Auguste dans Cinna. 1882. Sorbonne. + C. F. 49. -+ P.

107. — Comparer le rôle d'Emilie dans Cinna et celui de Chimène dans le Cid. 1881. Sorbonne. + J. B. IV. 348. + P.

Polyeucte.

108. — Polyeucte a-t-il toujours été regardé comme le personnage principal de la tragédie qui porte son nom ? 1881. Douai. (V. Horion.)

109. — Apprécier le rôle de Sévère dans Polyeucte. 1882. Sorbonne. + D. II. 62.

110. — Lettre de Sévère à un de ses amis après la mort de Polyeucte. 1882. Poitiers.

111. — Comparer le rôle du père dans le Cid et dans Polyeucte. 1881. Sorbonne. + J. B. IV. 315. 451 ; + D. II. 131. (V. S. M. Girardin.)

111 bis. — Quelle différence y a-t-il entre l'héroïsme du Cid, celui d'Horace et celui de Polyeucte ? 1883. Poitiers.

Le Menteur. V. n° 125. — Attila. V. n° 123.
Pertharite. Œdipe.

112. — Pellisson, secrétaire de Fouquet, invite, au nom de son maître, Corneille, éloigné depuis sept ans du théâtre par la chute de Pertharite, à y rentrer sous ses auspices pour traiter le sujet d'Œdipe. 1883. Sorbonne.

En général.

113. — Lettre de Pellisson à Corneille. — Pellisson félicite Corneille et l'encourage dans son dessein de revenir au théâtre et de faire de nouvelles tragédies, dessein qu'il a annoncé dans son Epître à Fouquet (1658), où il dit :

> Oui, généreux appui, ...
> Je sens le même feu, je sens la même audace
> Qui fit plaindre le Cid, qui fit combattre Horace,
> Et je me trouve encor la main qui crayonna
> L'âme du grand Pompée et l'esprit de Cinna.
> Choisis-moi seulement quelques noms dans l'histoire, etc...
> Oui, dix lustres et plus n'ont pas tout emporté
> Cet assemblage heureux de force et de clarté.
> Ces prestiges secrets de l'aimable imposture
> Qu'à l'envi m'ont prêtés et l'art et la nature, etc.

1882. Poitiers.

114. — Parmi les tragédies de Corneille, quelle est celle que vous préférez et pour quelles raisons ? 1881. Sorbonne ; + J. B. IV. 273.

115. — Parmi les tragédies de Corneille vous indiquerez celle qui vous plaît le plus, en justifiant votre opinion par une comparaison rapide avec les tragédies les plus connues. 1882. Lyon.

116. — Que savez-vous sur les pièces romaines de Corneille? 1883. Sorbonne.

117. — Lettre de Racine à Th. Corneille en apprenant la mort de son frère. 1883. Sorbonne.

118. — Voltaire a dit du théâtre de Corneille qu'il était une école de grandeur d'âme. Le prouver en analysant les plus beaux types d'honneur, de générosité, de dévouement, de vaillance et de patriotisme que le grand tragique a mis sur la scène. 1882. Poitiers.

119. — Lettre de Corneille à Nicole. — Nicole, dans son Traité de la Comédie (1659), avait dénoncé l'immoralité du théâtre en général, et des tragédies de Corneille en particulier. Le théâtre, disait-il, nous apprend le langage des passions et les poètes dramatiques ont pour but de farder les vices afin de les rendre aimables. Vous supposerez que Corneille a écrit à Nicole pour réfuter cette théorie et démontrer que le Cid, Horace, Cinna, Polyeucte, n'inspirent que des pensées hautes et vertueuses. 1882. Poitiers.

120 — Que veut-on dire quand on prétend que les per-

sonnages de Corneille raisonnent trop ? 1881. Sorbonne. + P.

121. — Pourquoi a-t-on comparé Corneille et Sophocle ? 1882. Sorbonne.

— V. n°s 138. 143. 144 : comparaison avec Racine.

121 bis — Lettre de Racine à Boileau à propos de la mort de Corneille (services rendus par Corneille aux lettres françaises). Lyon.

Racine.

Biographie.

122. — En 1661, Racine, âgé de vingt-deux ans, était à Uzès, chez un de ses oncles, Génovéfin, qui s'engageait à lui résigner tous ses bénéfices, s'il embrassait l'état ecclésiastique. Déjà même il portait la tonsure et étudiait la théologie. Il était poussé de ce côté par les conseils de ses maîtres et les prières de sa tante, religieuse de Port Royal. D'autre part, son goût l'entraînait vers la littérature. Vous referez une de ses lettres à La Fontaine, dans laquelle il lui dépeint la situation. 1883. Douai.

Andromaque.

123. — Lettre d'un ami de Saint-Evremont en faveur de Racine. — En 1667, Corneille fit représenter Attila et Racine Andromaque ; Saint-Evremont, réfugié en Angleterre depuis 1661, lut les deux pièces et dans une lettre à un de ses amis, en fit un parallèle qui n'était pas à l'avantage de Racine. Vous supposerez que son ami lui écrit pour combattre son opinion. 1881. Toulouse.

Les Plaideurs.

124. — Un vieux conseiller des requêtes faisait grand bruit au palais contre la comédie des Plaideurs. Le président de Lamoignon prend la défense de Racine et montre qu'on peut rire des ridicules de la chicane sans offenser la justice. 1883. Sorbonne.

125. — Corneille et Racine poètes comiques. 1883. Sorbonne. + C. F. 168.

Britannicus.

126 — Rôles et caractères de Burrhus et de Narcisse dans Britannicus. Bordeaux. + J. B. V. 5 ; + P.

127. — Boursault avait publié, après la première représentation de Britannicus, une sorte de pamphlet contre cette tragédie. Agrippine, disait-il, était fière sans sujet, Burrhus vertueux sans dessein, Britannicus amoureux sans jugement, Néron cruel sans malice. Vous supposerez que Boileau écrit à Boursault pour réfuter ses critiques. 1883. Sorb.

128. — Montrer que Britannicus est la pièce des connaisseurs. 1881. Sorbonne. + D. II. 55. (V. Horion.)

129. — Des trois unités dans Britannicus. 1882. Sorbonne. + D. II. 45.

— V. nº 135. 139.

Bérénice, Mithridate. V. nᵒˢ 138. 139.

Iphigénie.

130. — Décrire le rôle d'Achille dans l'Iphigénie de Racine. 1881. Sorbonne. + D. II. 59.

131. — Du rôle d'Agamemnon dans l'Iphigénie de Racine. 1882. Sorbonne.

132. — Rôle d'Iphigénie dans la tragédie d'Euripide et dans celle de Racine. 1882. Douai. + D. II. 161. + P. (V. Patin, S. M. Girardin, Merlet, etc.)

Esther.

133. — Apprécier les principaux personnages de la tragédie d'Esther. 1882. Sorbonne.

Athalie.

134. — Lettre de Boileau à Racine au sujet d'Athalie. — Il s'efforce de consoler et d'encourager son ami en lui montrant que cette pièce est son plus bel ouvrage. 1882. Sorbonne.

135. — Comparer le rôle de Narcisse dans Britannicus et celui de Mathan dans Athalie. 1882. Sorbonne. + D. II. 115 ; + C. F. 140 ; + P.

136. — Racine considéré comme poète lyrique, principalement dans les chœurs d'Esther et d'Athalie. Bordeaux.

137. — Des chœurs dans les tragédies de Racine. — Les chœurs, introduits dans Esther et Athalie ne conviennent-ils, d'après nos opinions sur le théâtre moderne, qu'aux pièces religieuses? Peut-on les introduire dans un sujet purement historique ou profane? 1882. Lyon.

EN GÉNÉRAL.

138. — On assurait que Mme de Sévigné avait dit que Racine passerait comme le café. Un courtisan lettré prend la défense de Racine. — Il accepte la comparaison. Ni le café ni Racine ne lui paraissent près de passer de mode. Racine a pour lui tous les jeunes gens ; parmi les partisans de Corneille n'y en a-t-il pas qui, dans les chefs-d'œuvre du maître, aiment surtout les souvenirs de leur jeunesse? — Il y avait une place à prendre à côté de Corneille. S'il est inimitable quand il peint les héros, Mme de Sévigné conviendra sans doute qu'il a moins bien connu le cœur des femmes et que ses héroïnes ont parfois des allures trop viriles. C'est le mérite particulier de Racine d'avoir rendu les sentiments féminins avec leurs nuances les plus délicates. Andromaque, Bérénice, Monime sont des figures égales à ce que l'antiquité nous a laissé de plus parfait. On prête à Racine le projet de s'inspirer encore d'Euripide, et de nous donner, d'après lui, une Iphigénie, une Phèdre, une Alceste. Peut-être de nouveaux chefs d'œuvre réconcilieront-ils le poète avec Mme de Sévigné, si bien faite pour le comprendre. 1882. Toulouse. + J. B. IV. 428.

139. — Que pensez-vous des tragédies romaines de Racine? 1883. Sorbonne.

140. — Qu'est-ce que Racine a emprunté au théâtre grec? 1883. Sorbonne. V. n° 24.

141. — Est-ce à bon droit qu'on a blâmé Racine d'avoir peint quelquefois les hommes et les mœurs de son temps sous des noms et dans des cadres grecs ou romains? 1883. Sorbonne.

142. — Vous inspirant des œuvres d'Homère et des

pièces d'Euripide, vous montrerez que Racine n'a pas reproduit la Grèce antique, et comment il a été amené à cette infidélité. 1883. Caen.

143. — Apprécier, en les caractérisant par leurs traits principaux, Corneille et Racine. 1882. Bordeaux.

144. — Vauvenargues a dit : « Les héros de Corneille disent souvent de grandes choses sans les inspirer ; ceux de Racine les inspirent sans les dire. » Qu'en pensez-vous ? 1882. Poitiers.

Molière.

BIOGRAPHIE.

145. — Molière. Raconter sa vie. Parler des sources où il a puisé ses œuvres. 1882. Aix. + D. II. 107.

146. — Molière, malade, avait, dès 1667, loué une maison à Auteuil. Ses charités lui attirèrent l'affection du vieux curé de la paroisse, François Loyseau, curé de N.-D. d'Auteuil et Passy, prêtre de l'oratoire et conseiller ordinaire du roi. C'est lui qui conduisit la veuve de Molière à Versailles, quand elle alla se jeter aux pieds du roi, afin d'obtenir de lui la sépulture que refusait le curé de Saint-Eustache. (1673). On refera le discours de François Loyseau à Louis XIV. 1882. Douai.

147. — Lettre de l'acteur Lagrange à La Fontaine pour lui apprendre la mort de Molière (février 1673). 1883. Sorbonne.

148. — Boileau écrit à Racine absent de Paris pour lui annoncer la mort de Molière. Il résume brièvement l'œuvre du grand comique ; il déplore cette mort qui, bien que présumée par les amis de Molière, le frappe à cinquante et un ans, en pleine activité. Il raconte sa mort et ses funérailles. 1883. Douai.

MISANTHROPE.

149. — Esquisser les caractères du Misanthrope. Besançon.

150. — Que faut-il penser des personnages d'Alceste et de Philinte, tels que Molière les a conçus dans le Misanthrope? 1881. Clermont. + J. B. IV. 221 ; + D. II. 180 ; + P. (V. E. C. II. 219.)

151. — Vous apprécierez le caractère de Philinte dans le Misanthrope de Molière. 1881. Douai.

152. — Juger et dépeindre le caractère de Philinte dans le Misanthrope de Molière. 1883. Douai.

153. — Aimeriez-vous mieux vivre avec Alceste ou avec Philinte ? 1882. Sorbonne.

154. — Mme de Sévigné écrit à son cousin Bussy-Rabutin (juin 1866) pour lui dire son avis sur le Misanthrope qui vient d'être représenté par les comédiens du Palais-Royal. — Après avoir parlé d'Alceste, de Philinte, elle insistera sur les rôles de femmes (Célimène, Arsinoé, Eliante, etc. (?) — Enfin elle terminera en louant Molière d'avoir su, avec les travers de l'humanité, saisir au vif les ridicules et les vices de son temps. 1881. Douai.

155. — Les ennemis de Molière voulurent persuader au duc de Montausier que c'était lui que Molière jouait dans le Misanthrope. Le duc alla voir la pièce et dit, après l'avoir vue : « Je voudrais bien ressembler au Misanthrope, c'est un honnête homme. » Vous supposerez : 1° Lettre de félicitation du duc à Molière : il se défendra d'être l'original d'une copie si belle, il louera sans restriction le caractère d'Alceste ; 2° Réponse de Molière. Il remerciera M. de Montausier, mais discrètement il fera des réserves sur le caractère d'Alceste, dont la vertu a quelque chose d'outré, et qui, sans être ridicule, n'est pas un modèle de tout point à imiter. 1883. Douai.

TARTUFE.

156. — Comparaison entre le Misanthrope et le Tartufe. Dites laquelle vous préférez de ces deux comédies de Molière et pourquoi ? 1881. Douai. + P.

FEMMES SAVANTES.

157. — Apprécier le rôle de Chrysale dans les Femmes Savantes de Molière. 1882. Douai. + P.

158. — Une Précieuse écrit à une amie pour lui raconter la première représentation des Femmes Savantes ; elle se déclare convertie et renonce au faux goût et au pédantisme pour revenir au bon sens. 1882. Bordeaux. + P.

L'AVARE. V. n° 163.

EN GÉNÉRAL.

159. — Les Marquis dans le théâtre de Molière. 1883. Douai.

160. — Le 5 février 1669, le jour même où il faisait représenter devant le Roi le Tartufe, Molière remit à Louis XIV ce placet : « Sire, un fort honnête médecin, dont j'ai l'honneur d'être le malade, me promet et veut s'obliger, par devant notaire, de me faire vivre encore trente années, si je puis lui obtenir une grâce de Votre Majesté ; je lui ai dit, sur sa promesse, que je ne lui demanderais pas tant et que je serais satisfait de lui pourvu qu'il s'obligeât de ne me point tuer. Cette grâce est un canonicat de votre chapelle royale de Vincennes, vacant par la mort de..... » — Molière, qui n'épargnait pas sa santé, souffrait déjà de la maladie de poitrine dont il mourut en 1673. — Vous supposerez une lettre du fort honnête médecin. Il remercie Molière ; il lui reproche amicalement son incorrigible raillerie contre les médecins ; il lui reproche surtout, avec tous ceux qui l'aiment, de ne pas se laisser soigner. 1883. Douai.

161. — Pourquoi Boileau a-t-il pu dire à Louis XIV que Molière était le plus grand écrivain du dix-septième siècle ? 1882. Sorbonne. + P.

162. — De l'originalité de Molière dans l'imitation. Expliquer l'épitaphe de Molière par La Fontaine :

> Sous ce tombeau gîsent Plaute et Térence,
> Et cependant le seul Molière y gît.

1882. Sorbonne. + J. B. IV. 378..... + E. C. 245. + P.

163. — Lettre de Voltaire à Vauvenargues. — Vauvenargues avait soumis à Voltaire quelques réflexions sur Molière, où il reprochait au comique d'avoir pris des sujets trop bas ; la délicatesse de Vauvenargues s'offusquait de la gaieté familière de l'auteur de l'Avare. — Voltaire, dans une réponse, réfute les préventions de Vauvenargues. 1882. Poitiers.

164. — La morale de Molière. 1882. + D. II. 143.

Boileau.

Epitres.

165. — Lettre d'un seigneur à Boileau. — Vous supposerez qu'un des jeunes seigneurs qui prirent part au passage du Rhin, écrit à ce sujet au poète-historiographe. (V. Ep. 4.) 1882. Clermont.

Art poétique.

166. — L'Art poétique de Boileau. Ses divisions principales et ses préceptes généraux. 1883. Sorbonne.

167. — L'Art poétique de Boileau peut-il se comparer avec celui d'Horace ? Indiquer les passages imités, le milieu dans lequel écrivaient les deux poètes et les genres qu'ils ont traités. 1882. Bordeaux.

168. — Lettre de La Fontaine à Boileau après une lecture de l'Art poétique. 1883. Sorbonne.

169. — (Ch. II.) Expliquer ce vers de Boileau :

L'ardeur de se montrer et non pas de médire, 1882.
Arma la Vérité du vers de la satire.

170. — Molière écrit à Boileau, après avoir reçu de lui le second chant de l'Art poétique ; il s'étonne de ne pas y voir figurer la fable, de ne pas y trouver le nom de La Fontaine, leur ami commun. — On pourra traiter le sujet sous forme d'une conversation tenue à Auteuil entre Molière et Boileau. 1881. Douai. + P.

171. — Le lyonnais Brossette, fondateur de l'Académie de Lyon et ami de Boileau, lui écrit pour lui reprocher

amicalement de n'avoir pas donné place à La Fontaine et à la fable dans son Art poétique. 1882. Lyon.

172. — (Ch. III.) Dire tout ce que vous savez sur la règle des trois unités. 1881. Sorbonne. + J. B. IV. 385.

173. — Qu'en un lieu, qu'en un jour un seul fait accompli
Tienne jusqu'à la fin le théâtre rempli.

Dire ce que vous savez de l'histoire des trois unités et ce que vous pensez de cette théorie. 1882. Douai. + E. C. 309 ; + D. II. 171 ; + P.

174. — On a dit : « La France n'a pas de poème épique. » Cette affirmation est-elle vraie ? On se rappellera le chant troisième de l'Art poétique et les poètes qu'a cités Boileau, et on examinera si avant ou après Boileau la France n'a pas produit de poème épique. 1882. Douai.

175. — Exposer et apprécier les préceptes de Boileau sur l'épopée. 1882. Sorbonne. + C. F. 47.

176. — Exposer et discuter les théories développées par Boileau dans le troisième chant de l'Art poétique sur le poème épique. 1882. Sorbonne.

177. — Définissez le merveilleux de l'épopée. Donnez l'opinion de Boileau sur ce sujet. 1881. Douai. (V. Henry.)

178. — (Ch. IV.) Expliquer ces deux vers :

C'est peu que d'être aimable et charmant dans un livre,
Il faut savoir encore et converser et vivre.

1881. Clermont. J. B. IV. 267..... + 293.

En général.

179. — Boileau ; services qu'il a rendus à la poésie et à la langue. Bordeaux. (V. D. II. 184.)

180. — On sait que Louis XIV, non sans arrière-pensée de vanité personnelle, désigna Boileau et Racine, deux poètes que ni la tournure de leur esprit, ni la nature de leurs travaux antérieurs n'avaient préparés à cette tâche, pour être ses historiographes et l'accompagner à ce titre dans ses campagnes. On supposera que Chapelle, esprit

aimable et sceptique, ami commun des deux poètes, les félicite de cette distinction, les plaisante agréablement sur leurs fonctions nouvelles, et tout en rappelant le mot de Quintilien, que « l'histoire est une sorte de poème en prose », les engage, dans l'intérêt de la vérité, à ne pas trop confondre les deux genres, et, dans celui de la poésie, à n'écrire l'histoire qu'à leurs moments perdus. 1883. Poitiers

La Fontaine. (V. Taine.)

181. — Lettre de Fénélon à un ami. — Fénélon écrit à l'un de ses amis pour lui annoncer la mort de La Fontaine. Envisager La Fontaine dans sa vie, dans ses œuvres ; 1882. Poitiers.

182. — Le célèbre critique allemand Lessing, 1759, dans une longue dissertation, soutient que la fable n'a rien de commun avec la poésie, qu'elle ne doit être que l'expression soutenue d'une vérité morale, fortifiée par un exemple. Tout ornement la défigure, tout développement l'affaiblit. Le modèle qu'il propose, ce n'est plus La Fontaine, mais les fables ésopiques avec leurs récits écourtés. Vous réfuterez les erreurs du critique et vous ferez l'éloge de La Fontaine et de la fable poétique que vous opposerez à la fable philosophique. 1882. Douai. + P.

183. — Quels sont les caractères par lesquels les fables de La Fontaine se distinguent de celles d'Esope et de Phèdre ? 1882. Rennes. + D. II. 120.

184. — En quoi La Fontaine est-il différent des fabulistes qu'il a imités ? 1883. Sorbonne. + E. C. II. 2.

185. — Faire voir que La Fontaine a tracé dans ses fables un tableau animé des mœurs et des caractères de son temps. Types particuliers : le roi, les courtisans, les magistrats, le clergé, les bourgeois, les manants, etc. Peinture des vices, des travers et des ridicules de l'humanité en général. 1882. Poitiers.

186. — Le lion, la cour du lion et la monarchie des animaux dans les fables de La Fontaine. 1882. Douai.

187. — Du caractère du lion dans les fables de La Fontaine. 1882. Sorbonne. + E. C. I. 29 ; II. 37 ; + C. F. 24.

188. — Rôle du renard dans les fables de La Fontaine. 1881. Sorbonne. + J. B. IV. 309 ; + P.

189. — Qu'entend-on par la morale de La Fontaine ? 1883. Douai. + C. F. 141. + D. II. 137.

190. — De la moralité dans les fables de La Fontaine ; ses moralités sont-elles vraiment des préceptes de morale ?..... 1882. Nancy.

191. — La Fontaine, accusé par un ami d'avoir, dans la fable du Loup et de l'Agneau, donné raison au plus fort, se défend d'avoir eu une telle pensée. 1882. Montpellier. C. F. VI..... + 92.

192. — Lettre de Huet à La Fontaine. — En 1687, La Fontaine avait envoyé au savant Huet, alors évêque de Soissons, un Quintilien de la traduction d'Orazio Toscanella, en accompagnant ce don d'une épître en vers où il se proclamait le disciple des anciens, et où il exprimait le regret d'avoir autrefois « pris pour son maître » Malherbe qui « pensa le gâter ». A la fin, dit-il, grâce aux dieux, « Horace, par bonheur, me dessilla les yeux ». Quoique son imitation ne fût pas un esclavage, les anciens, d'après lui, étaient les seuls maîtres. « Art et guides, tout est dans les Champs-Elysées. » — Vous ferez la réponse de l'évêque de Soissons à La Fontaine : 1° Il le remercie du don de la traduction de Quintilien, et le félicite de son admiration pour les anciens ; 2° Mais est-il vrai que tout l'art et tous les guides soient dans les Champs-Elysées ? La France ne produit-elle pas de beaux génies dans tous les genres littéraires ? 3° La Fontaine lui-même, avant de se vouer au culte des Grecs et des Romains, n'a-t-il pas aimé et suivi d'illustres modernes ? Sa poésie n'est-elle pas souvent imitée des grands écrivains du xvie siècle, de ce Marot et de ce Rabelais qu'il appelait jadis, avec une familière amitié, maître Clément, maître François ? Quoique Huet soit un partisan des anciens, il souhaite que La Fontaine retrempe encore son génie à ces sources si françaises. 1883. Poitiers. + C. F. 148.

Pascal.

193. — Portrait de Blaise Pascal d'après ses écrits. 1881. Sorbonne. + P.

Bossuet.

194. — Faire le tableau de la carrière littéraire de Bossuet. 1881. Sorbonne. + C. F. 65.

195. — Montrer par des exemples comment sont composées les oraisons funèbres de Bossuet. 1882. Sorbonne. + E. C. II. 183. + P.

196. — Le fils du grand Condé, sur l'ordre de Louis XIV, adresse à Bossuet une lettre où il le prie de prononcer l'oraison funèbre de son illustre père. 1881. Dijon. + P.

197. — Lettre d'un bourgeois de Paris venant d'assister à l'oraison funébre du prince de Condé par Bossuet à Notre-Dame. 1883. Sorbonne.

198. — Lettre de l'abbé de Rancé à Bossuet pour le remercier de lui avoir envoyé l'oraison funèbre de Condé. 1882. Sorbonne. + C. F. 124 ; + P.

199. — Montrer d'une manière générale pourquoi l'oraison funèbre ne saurait parler de ses héros avec la sincérité de l'histoire, chercher des preuves dans les oraisons funèbres de Bossuet, et spécialement dans celle du prince de Condé. 1882. Poitiers.

— V. n° 16.

La Rochefoucauld.

200. — La Rochefoucauld a écrit cette maxime : « Ce que les hommes ont nommé amitié n'est qu'une société, qu'un ménagement réciproque d'intérêts, et qu'un échange de bons offices ; ce n'est enfin qu'un commerce où l'amour-propre se propose toujours quelque chose à gagner. » Mme de Sablé, l'une des plus vieilles et des plus fidèles amies de La Rochefoucauld, lui écrit au sujet de cette

maxime : « Cette pensée n'est vraie que si on l'applique aux égoïstes et aux méchants ; la véritable amitié existe. La Rochefoucauld le sait mieux que personne, mais avec son amour du paradoxe, calomnie et l'humanité et lui-même. 1882. Douai. .... + P.

201. — La Rochefoucauld, dans sa vieillesse triste et maladive, fut entouré d'amis sincères et dévoués, parmi lesquels Mme de Sévigné. Il a cependant écrit dans son livre : « Ce que les hommes..... » (Max. 83.) — Vous supposerez que Mme de Sévigné, à qui le duc avait envoyé une partie de son livre, avant de le publier, lui écrit au sujet de la maxime citée. 1883. Douai.

202. — Même maxime. L'examiner. Opposer à cette manière de voir celle de quelques écrivains célèbres qui ont parlé de l'amitié, comme Cicéron et Horace chez les anciens, Montaigne et La Fontaine chez les modernes. 1882. Besançon.

De Sévigné.

203. — Quels sont les mérites particuliers de la correspondance de Mme de Sévigné. 1881. Sorbonne. + P.

La Bruyère.

204. — La Bruyère avait traduit les caractères de Théophraste. Un habitué de l'hôtel de Condé l'engage à prendre pour sujet de ses études les caractères de son siècle. 1881. Douai. + P. (Cf. E. C. I. 154).

205. — La Bruyère va trouver Boileau à Auteuil pour lui lire ses caractères. Le satirique est malade, il écoute pourtant, et à la fin, après l'avoir félicité : « Vous n'avez oublié qu'un caractère, celui de l'auteur qui lit sans pitié ses ouvrages aux pauvres malades. » — Vous décrirez la scène et vous développerez le caractère esquissé par Boileau. 1883. Paris.

206. — Apprécier La Bruyère comme moraliste et comme écrivain. 1882. Sorbonne. + D. II. 126 ; C. F. 127 ; + P.

207. — Boileau écrit à Racine pour lui recommander la candidature de La Bruyère à l'Académie française. 1882. Montpellier. + J. B. IV. 442.

208. — Développer cette pensée de La Bruyère : « Quand une lecture vous élève l'esprit et qu'elle vous inspire des sentiments nobles et courageux, ne cherchez pas une autre règle pour juger de l'ouvrage : il est bon et fait de main d'ouvrier. » 1882, Clermont. + D. II. 65 ; + P.

Fénelon.

BIOGRAPHIE.

209. — En 1715, M. Dacier annonce à l'Académie la mort de Fénelon. Il fait l'éloge de l'évêque de Cambrai. 1882. Douai.

TÉLÉMAQUE.

210. — Par quelles causes s'explique à votre sens l'immense succès et la popularité durable du Télémaque ? + E. C. 277..... + C. F. 152.

LETTRE A L'ACADÉMIE.

211. — Lettre de Rollin à Fénelon pour lui demander d'écrire la Lettre à l'Académie. 1883. Sorbonne.

212. — Rappeler et discuter les moyens d'enrichir la langue proposés par Fénelon dans sa Lettre à l'Académie. 1881. Sorbonne. + C. F. 87 ; + P.

213. — Exposer les idées de Fénelon sur l'éloquence. 1881. Sorbonne. + E. C. II. 362 ; + P.

214. — Opinion de Fénelon sur l'éloquence. 1881. Sorbonne.

215. — Des opinions de Fénelon sur l'éloquence. 1883. Sorbonne.

216. — Exposer les idées de Fénelon sur la poésie. 1881. Sorbonne. + P.

217. — Comment, dans sa Lettre à l'Académie française, Fénelon juge-t-il les grands poètes de son temps ? 1881. Clermont.

218. — Appréciez le jugement de Fénelon sur la tragédie et la comédie. 1882. Douai. + P.

219. — Nicole, dans une lettre célèbre, prétendait que l'art dramatique empoisonnait non les corps, mais les âmes. Appréciez l'opinion du sévère moraliste. 1882. Douai.

220. — Vous connaissez le passage célèbre de Fénelon : « Le bon historien n'est d'aucun temps ni d'aucun pays. » — Etes-vous de cet avis ? Donnez vos raisons et indiquez quelles sont les conditions de la véritable histoire. 1883. Douai. + P.

221. — Lettre de Dacier à Fénelon. — Dacier écrit à Fénelon pour le remercier de sa Lettre sur les occupations de l'Académie. Poitiers. 1883. Sorbonne. + J. B. V. 52.

222. — Réponse à Fénelon qui a envoyé à M. Dacier la Lettre sur les occupations de l'Académie française. On pourra supposer que la lettre est écrite soit par M. La Motte, soit par M. Dacier, qui tous deux, soutenant des opinions opposées, étaient mêlés à la querelle des Anciens et des Modernes. 1881. Douai. Cf. C. F. 166.

Voltaire.

La Henriade.

223. — Un ami de Voltaire lui écrit pour le dissuader d'écrire la Henriade. 1881. Toulouse. (V. Henry.) C. F. xiv...

Mérope. (De quel droit ?)

224. — Vous donnerez une analyse critique de Mérope. 1882. Sorbonne.

225. — La tragédie de Mérope de Voltaire. 1882. Montpellier. + D. II. 49.

Ouvrages historiques. V. n° 42.

226. — Des ouvrages historiques de Voltaire. 1882. Sorbonne. (V. Henry.)

227. — Lettre de Voltaire à Frédéric II en lui envoyant le Siècle de Louis XIV. 1883. Sorbonne.

228. — Le Siècle de Louis XIV de Voltaire : 1° Est-il un

panégyrique ou une histoire véritable ? 2° Mérites et défauts
de cette composition ; 3° En citer les plus beaux passages.
1882. Bordeaux. + D. II. 13 ; C. F. VII.....
— V. nᵒˢ 265 et suivants ; 293. 165.

II

SUJETS HISTORIQUES

HISTOIRES ANCIENNE ET ROMAINE

— EGYPTE. V. nº 303.

229. — Portrait de *Périclès*. — A-t-il mérité de donner son nom à son siècle ? 1881. Douai. + D. I. 1.

230. — Du caractère et du rôle politique de *Démosthène* et de *Cicéron*. 1882. Lyon. V. nºs 69. 84. + P.

231. — Dialogue entre Démosthène et Cicéron dans les Enfers. 1881. Sorbonne. + C. F. 74.

232. — Caractériser *J. César* comme politique, général, écrivain, orateur. 1881. Douai. + J. B. V. 29 ; + P.

233. — Portrait de César comme orateur, historien, guerrier et homme politique. 1883. Douai.

234. — Après la bataille d'Actium, un ami engage *Auguste* à rendre à Rome sa liberté. 1882. Poitiers.

235. — Portrait d'Auguste. Résumez brièvement sa vie ; jugez son caractère comme homme politique et comme ami et protecteur des lettres. 1881. Douai. + P.

236. — *Qualis artifex pereo* ! Telle a été la dernière parole de *Néron*. Racontez brièvement la vie et la mort de cet histrion sinistre. 1881. Douai.

237. — Après l'incendie de Rome, Néron accusa les chrétiens ; un chrétien exhorte ses frères à la lutte, c'est-à-dire à la souffrance, au martyre, à la mort. 1882. Clermont. + C. F. 13.

HISTÓIRE DU MOYEN-AGE

238. — Lettre de saint Remy à saint Avit, évêque de Vienne. — Il lui annonce le baptême de *Clovis* et lui fait part des espérances que cet événement lui fait concevoir pour l'intérêt de la religion chrétienne. 1882. Lyon. + D. I. 111.

239. — Clovis expose les motifs qui lui font choisir Paris pour capitale. 1882. Lyon. + C. F. 90 ; + P.

240. — *Charlemagne* et son temps. — Caractère de Charlemagne ; résultats des guerres qu'il a entreprises ; restauration de l'empire d'Occident. Influence de Charlemagne sur les lettres et les arts. 1882. Lyon.

241. — Portrait de Charlemagne. Son caractère. Son influence. 1883. Douai.

242. — 'Récit de la première *croisade*. 1881. Sorbonne. + C. F. 58.

243. — Faire le récit des croisades ; insister sur la première et la dernière. 1881. Sorbonne.

244. — Dire ce qu'était au Moyen-Age le *Tiers-Etat,* et essayer de caractériser le mouvement qui, à partir du règne de Louis-le-Gros, amena soit la formation des grandes communes, soit la constitution du corps de la bourgeoisie. 1881. Lyon. + C. F. 75.

— Faire l'histoire des communes et le tableau de leur agrandissement, de leur lutte avec la féodalité et de leur rôle. 1881. Lyon.

245. — Vous supposerez que l'inventeur de l'*Imprimerie,* Jean Guttemberg, écrit au pape Nicolas V (qui fut un zélé protecteur des lettres et des arts), pour lui faire hommage du premier livre sorti de ses presses : c'était la Sainte Bible. 1881. Douai. + P.

HISTOIRE MODERNE

246. — Portrait de *François I*er. Apprécier son caractère. Qualités. 1883. Douai.

247. — Matignon, gentilhomme et ami du connétable de *Bourbon,* le dissuade de traiter avec l'empereur Charles-Quint et de sacrifier ainsi son pays à l'intérêt d'un ressentiment personnel. 1882. Clermont. + J. B. IV. 377.

248. — Lettre de *Charles-Quint* à son fils l'infant don Philippe. Après avoir rapidement retracé l'histoire de son

règne, il lui annonce, en la motivant, son intention d'abdiquer. 1882. Sorbonne.

249. — Lettre du chancelier *de l'Hospital* à Catherine de Médicis (1570). En 1568, les sceaux avaient été repris au chancelier ; il s'était retiré dans son petit domaine de Vignay, près d'Etampes. Il écrit à la reine-mère deux ans après. Il rappelle avec modestie ses services, il déplore les troubles de la France et ne dissimule pas ses sinistres pressentiments. Il est pauvre, hors d'état de faire faire à sa modeste habitation les réparations nécessaires ; il recommande à la reine sa fille et ses autres petits-enfants. 1882. Douai.

250. — Récit de la Saint-Barthélemy. 1881. Sorbonne. + J. B. IV. 366.

251. — Le chancelier Michel de l'Hospital, mourant, explique à sa famille sa conduite et manifeste l'espoir que ses efforts ne seront pas perdus. 1882. Toulouse. + C. F. 62.

252. — Sully écrit à *Henri IV* pour lui conseiller de porter surtout ses efforts vers le développement de l'agriculture et des réformes militaires. On supposera que cette lettre a été écrite en 1604. Sorbonne. 1882. + C. F. 3.

253. — Discours de Sully à Henri IV pour lui exposer ses plans de réforme et lui démontrer les avantages de l'agriculture. 1882.

254. — En 1599 vivait en Languedoc le calviniste Olivier de Serres, fort connu par ses travaux sur l'agriculture : il voulait substituer à la pratique surannée les perfectionnements qui résultaient de l'expérience combinée avec l'invention. Henri IV entendit parler des beaux travaux d'Olivier de Serres. — Vous supposerez une lettre d'Henri IV à Sully, écrite avec la familiarité affectueuse du Béarnais : « Il faut faire venir ce brave homme à Paris, et tout de suite. Que Sully se hâte d'écrire en Languedoc ; qu'il promette à Olivier de Serres l'amitié et la protection du Roi : Les pauvres paysans de France ont besoin de quelques beaux livres d'agriculture et de mesnage des champs. » 1881. Douai.
— V. nᵒˢ 265. 275.

255. — Discours de Robert Miron aux *Etats Généraux de 1614*. — Robert Miron, orateur du Tiers-Etat, demande au nom de son ordre l'indépendance de la couronne vis-à-vis du Saint-Siège, la publicité des affaires de finances et l'extension de la taille aux deux ordres privilégiés. 1882. Clermont.

256. — Expliquer quelle fut la portée de la politique intérieure de *Richelieu*. 1881. Clermont. + D. I. 143.

257. — Bassompierre à un ami pendant le siège de La Rochelle (1628). 1882. Montpellier. + D. I. 113.

258. — Allocution prononcée par Gustave-Adolphe au Sénat de Suède avant de partir pour la guerre d'Allemagne. — Il expose les motifs qui l'ont déterminé à intervenir dans le conflit, les raisons qui lui font bien augurer du résultat ; il recommande la concorde et la confiance. 1882. Clermont.

259. — Du rôle de la Suède dans la guerre de Trente ans. 1882.

260. — Discours de Gustave-Adolphe (1631) aux habitants de Francfort-sur-le-Mein, qui refusaient de le recevoir dans leurs murs. 1882. Dijon. + C. F. 121.....

261. — Richelieu écrit à Louis XIII pour l'engager à intervenir dans la guerre de Trente ans (1635). Toulouse. C. F. XVI.

262. — Richelieu mourant, à Louis XIII. On supposera que Richelieu, sur le point de mourir, écrit à Louis XIII pour lui conseiller de prendre Mazarin comme premier ministre. 1881. Toulouse.

263. — Situation générale de la France et de l'Europe à la mort de Richelieu. 1882. Lyon.

264. — Comparer le caractère et le rôle de Richelieu et de *Mazarin*. 1881. Sorbonne. + J. B. IV. 339 ; + D. I. 143. 146 ; + P.

265. — Minorités de Louis XIII et de Louis XIV. 1882. Besançon.

266. — Raconter l'origine et les débuts de la Fronde. 1881. Sorbonne.

267. — La journée des Barricades pendant la Fronde. 1881. Sorbonne. + D. I. 105.

268. — Lettre de Mazarin à *Louis XIV* (1659). — Il vient de signer le traité des Pyrénées. Clauses de ce traité ; ses conséquences. C'est son testament politique. 1882. Douai.

269. — En 1650, une maladie contagieuse désolait la ville de Dreux. Rotrou, lieutenant du bailliage de Dreux, se multipliait pour secourir les malades. Vainement son frère lui écrivait de se ménager. Il répondit que son devoir et l'humanité lui ordonnaient de rester et qu'il attendait son sort avec confiance. Il resta, fut atteint de la contagion et paya son dévouement de sa vie. 1881. Douai.

270. — Raconter l'histoire du surintendant Fouquet. Quelles ont été les causes de sa disgrâce ? Quelles sympathies a-t-il inspirées ? Quel fut le rôle de Colbert à son égard ? 1882. Sorbonne. + D. I. 116.

271. — En 1665, sur l'ordre de Louis XIV, Le Nôtre dessina et replanta le jardin des Tuileries. Colbert décida que ce jardin serait désormais fermé ; mais, sur les instances de Ch. Perrault (l'auteur des Contes), les Tuileries demeurèrent ouvertes au public. — Vous supposerez une lettre de Ch. Perrault à Colbert, dans laquelle il fait valoir les raisons suivantes : Les habitants des rues étroites qui avoisinent le palais, viennent chercher là, pour eux et leurs enfants, de l'air et du soleil ; — C'est un lieu commode pour les rendez-vous d'affaires. — Les jardiniers déclarent que les promeneurs ne font aucun dégât : ils respectent le jardin, en raison même de la confiance qu'on leur témoigne. Que de gens, de tout âge et de toute condition, loueront la bonté du roi, chez qui ils viendront se promener ! 1881. Douai.

272. — Colbert expose, dans un mémoire au roi, ses plans pour la réorganisation de la marine militaire (1669) : 1° le haut rang qu'occupe la France en Europe, et la protection de notre commerce et de nos colonies exigent le relè-

vement de notre marine ; 2° Admirable situation et ressources maritimes de la France ; 3° Projets de Colbert..... Ainsi sera assurée la défense de nos côtes et de nos possessions. — La marine marchande deviendra la pépinière de la marine militaire et le recrutement légal et régulier procurera à nos flottes un personnel dévoué à ses devoirs et expérimenté. 1883. Douai.

273. — Discours de Vauban à Louis XIV pour le décider à faire le siège de Valenciennes en plein jour. — « Le roi Louis XIV assiégeait Valenciennes (mars 1677) ; il tint conseil de guerre, pour attaquer les ouvrages du dehors : c'était l'usage que ces attaques se fissent toujours pendant la nuit, afin de marcher à l'ennemi sans être aperçu et d'épargner le sang du soldat. Vauban proposa de faire l'attaque en plein jour. Tous les maréchaux de France se récrièrent contre cette proposition. Louvois la condamna. Vauban tint ferme avec la confiance d'un homme certain de ce qu'il avance. » (Voltaire, siècle de Louis XIV, ch. XIII.) Refaire le discours de Vauban dans le conseil de guerre. 1881. Douai.

274. — Portraits de Condé et de Turenne. 1882. Douai. + D. I. 120 ; + J. B. IV. 370.

275. — Faire l'histoire de la Maison de Condé, de la mort de Henri IV à la mort du grand Condé. 1882.

276. — L'Hôtel-de-Ville de Paris vient de décerner à Louis XIV le titre de Grand (1680). Le prévôt des marchands apporte au roi la délibération et lui expose les motifs qui ont décidé la bourgeoisie parisienne à lui accorder cet hommage. Il exprime la confiance que la sagesse et la modération du roi permettront à la postérité de le ratifier. 1883. Douai.

277. — Louvois à Louis XIV en lui remettant les clefs de Strasbourg. 1882. Poitiers. + C. F. 27.

278. — Indiquer les principales causes de la grandeur de la France dans la première moitié du règne de Louis XIV 1882. Lyon.

279. — Discours de Guillaume Penn aux émigrants puritains venus en Amérique pour y fonder une société nouvelle. 1881. Sorbonne. + C. F. 8 ; + D. I. 141.

(Cf. Discours extraits des Concours généraux, chez Delalain, p. 106.)

280. — Lettre de Vauban à Louis XIV pour lui conseiller de ne pas révoquer l'Edit de Nantes. 1881. Toulouse.

281. — Raconter brièvement la vie politique de Guillaume d'Orange. 1882. Sorbonne. + D. I. 169.

282. — Exposer les raisons qui ont déterminé Louis XIV à accepter, avec le testament du roi Charles, la succession d'Espagne ; les mettre dans la bouche du ministre des affaires étrangères Torcy. 1881. Clermont. + C. F. 163.

283. — Mme de Maintenon à Racine pour l'inviter à écrire un mémoire sur la misère du peuple. 1882. Poitiers.

284. — Louis XIV, présidant le conseil des ministres, vers la fin de l'année 1710, expose la situation politique et militaire de la France et déclare hautement son intention de tenter un suprême effort pour sauver la monarchie. 1882. Sorbonne.

285. — Villars à ses soldats avant la bataille de Denain. 1881. Sorbonne.

286. — Lettre de Villars à Louis XIV (1712). — Le 24 juillet, il a battu le prince Eugène à Denain. Conséquences de cette victoire. Situation des puissances belligérantes. La France épuisée pourra conclure une paix honorable. 1882. Douai.

287. — Lettre de Louis XIV à son arrière-petit-fils (1715). — Vous supposerez que Louis XIV, peu de temps avant sa mort, écrit une lettre destinée à son successeur ; dans cette lettre, il lui donne les conseils que lui suggèrent son expérience et le souvenir de ses propres fautes. 1881. Toulouse. + C. F. 115.

288. — Esquisse rapide de la fin du règne de Louis XIV. Portrait du vieux Roi. 1883. Douai.

289. — Louis XIV considéré comme protecteur des arts et des lettres. 1881. Douai.

290. — Des relations de Louis XIV avec les écrivains de son siècle. 1881. Sorbonne. + C. F. 113. (V. Nisard, Géruzez, Drioux, etc.)

291. — De l'état des arts sous le règne de Louis XIV. Quels grands artistes ont fleuri ? Quels monuments se sont élevés ? 1882. Sorbonne. + C. F. 33.

292. — Le tzar *Pierre Ier* écrit au Régent pour lui faire part de son désir de venir en France et lui montrer les avantages pour le présent et pour l'avenir d'une alliance avec la Russie. 1882. Sorbonne.

293. — *Charles XII ;* son portrait ; influence de sa politique sur l'Europe. Lyon.

294. — Pierre-le-Grand fait son testament politique : 1° Il explique pourquoi il a fondé Saint-Pétersbourg et choisi cette ville pour capitale ; 2° Il examine la situation des différents pays avec lesquels cette ville est en relations directes ; 3° Il indique ce que la Russie doit craindre ou redouter de chacun de ces pays. 1882. Lyon.

295. — *Catherine II* écrit au gouverneur des provinces méridionales de la Russie pour lui ordonner de fonder Odessa. 1882. Lyon. + C. F. 36.

296. — Lettre de Voltaire à Catherine II. — Au milieu du XVIIIe siècle, pendant que l'empire Turc tombait en ruines, la Grèce se préparait à recouvrer son indépendance en s'initiant à la civilisation moderne, en fondant des écoles, des académies, en se livrant au commerce. La Russie, que des intérêts politiques et la communauté de religion attachaient à la Grèce, favorisait de ses conseils et de ses secours cet esprit d'indépendance. En 1770, la guerre ayant éclaté entre les Turcs et les Russes, et les montagnards du Pinde et du Parnasse ayant pris les armes, quelques gens de lettres, amis passionnés des arts et pleins des souvenirs de la Grèce antique, eurent l'espérance de voir renaître la patrie d'Homère et de Périclès. — Voltaire

alors âgé de soixante-seize ans, et qui entretenait avec l'impératrice Catherine un commerce d'amitié, lui écrivit en faveur des Grecs. Bordeaux.

297. — Du rôle de l'*Angleterre* dans les affaires de l'Europe de 1715 à 1763. 1882. Clermont.

298. — Après la prise de possession de la *Lorraine (1766)*, un notable de Nancy écrit à un de ses amis de Paris : 1° Sentiments qu'excite en lui sa qualité de français ; 2° Force nouvelle que l'acquisition de la Lorraine va procurer à la France par sa position géographique, le caractère de ses habitants, sa prospérité due à une longue paix. La France trouvera dans cette acquisition une compensation aux pertes que lui a fait subir une guerre absurde et mal conduite. Elle n'aura pas désormais de province plus fidèle et plus française. 1883. Douai.

299. — *William Pitt* proteste devant le Parlement d'Angleterre contre la conduite du ministère North à l'égard des Américains. 1882. Poitiers.

(V. Pierrot-Deseilligny, p. 233 ; l'abbé Marcel.)

300. — Fontanes prononce aux Invalides l'éloge funèbre de *Washington* (9 février 1800). 1882. + C. F. 68.

301. — Lettre de *Turgot* à Louis XVI. — Les réformes de Turgot lui avaient aliéné tous les privilégiés. Clergé, noblesse, parlement réclamaient à l'envi le renvoi de ce ministre, assez hardi pour ne s'inspirer que du bien public. Louis XVI finit par céder, et, le 12 mai 1776, Turgot reçut sa révocation. Il ne demanda, avant de quitter le ministère, que le temps d'écrire une lettre au roi pour se justifier. — Vous ferez cette lettre. 1882. Poitiers. + J. B. IV. 122.

Concours généraux p. 296.

302. — Discours de Necker au conseil des ministres (1789). — M. de Montmorin avait proposé d'arrêter et d'envoyer aux Indes *Mirabeau*, candidat en Provence pour les élections aux Etats-Généraux. Vous supposerez qu'au

I

RECUEIL

ABRÉVIATIONS

C. F. — La Composition française, supplément au journal du
      Baccalauréat. — Chérié, rue Hallé, 48, Paris.

  D. — Dissertations littéraires et historiques, 2 volumes. —
      Cattier, à Tours.

E. C. — L'Enseignement chrétien. — Poussielgue, 15, rue Cas-
      sette, Paris.
        I. — 1882.
        II. — 1883.

J. B. — Journal du Baccalauréat. — Chérié.
        IV. — 1er mai 1880 au 1er mai 1883.
        V. — Depuis le 15 mai 1883.

  P. — Plan dans la seconde partie de l'ouvrage.

  +. — Sujet traité.

.…. — Matière développée.

PUBLICATIONS RELATIVES AU BACCALAURÉAT
ÈS-LETTRES

Croville-Morand, 20, rue de la Sorbonne, Paris.

Le Baccalauréat ès-lettres, par Ch. Pierre, 3 bis cour de Rohan,
Paris.

Institution Lelarge, rue Gay-Lussac, Impasse Royer-Collard, 9.

Epreuves du Baccalauréat ès-lettres. — Duramou, rue Saint-
Jacques, 60, Douai.

A consulter : Bulletin des Cours de l'Enseignement Supérieur à
la Faculté des Lettres de Douai. — Union des Etudiants, rue de
Paris, 20, Douai.

conseil, en présence de Louis XVI, Necker combat ce projet comme odieux et impolitique. 1882. Poitiers.

303. — Discours de Monge à l'*Institut d'Egypte*, fondé par le général Bonaparte après la bataille des Pyramides et l'occupation du Caire. Exposer les travaux réservés aux savants : carte du pays à dresser, étude des productions ; observations utiles à la physique, à l'histoire naturelle, à l'astronomie ; ruines grandioses précieuses à consulter pour l'histoire de l'art et de la civilisation ; langue morte des hiéroglyphes à retrouver, etc. 1883. Sorbonne. + C. F. XXXIX ; + Concours généraux, p. 114.

III

SUJETS DIVERS

304. — En quoi consiste l'amour de la *patrie ?* Poitiers.

305. — Réfuter ce mot d'un personnage d'une tragédie latine (*Teucer ad Pacuvium*) : « *Patria est ubicumque est bene* ». Indiquer sommairement en tête le plan que vous aurez adopté. 1883. Douai. + J. B. IV. 297.

306. — Peut-on louer, sans aucune restriction, le mot de Socrate : « *Quum rogaretur cujatem se esse diceret : mundanum, inquit ; totius enim mundi se incolam ac civem arbitrabatur.* » 1883. Douai. + C. F. 171 ; + P.

307. — Une *bellé action* est celle qui a de la bonté et qui demande de la force pour la faire. 1882. Clermont.

308. — Un ancien a dit : « Conduisez-vous avec vos *amis* en pensant qu'ils seront peut-être un jour vos ennemis, et avec vos ennemis comme s'ils devaient un jour devenir vos amis. » 1883. Douai. + C. F. 170 ; + P.

ADDITIONS

Nᵒˢ 9. — V. Taine sur La Fontaine, p. 306-317.

13. 55 — + P.

51. — Bulletin des cours de Douai, 12 janvier 1884.

56. — V. J. B. V. 99.

74. — Bulletin des cours de Douai, 15 décembre 1883.

93. — + J. B. V. 100.

TABLE

I. — Sujets littéraires

II. — Sujets historiques

III. — Sujets divers